Comme si jamais personne

ISBN 978-2-917081-05-1

FOLIUM
collection

DANIÈLE CORRE

Comme si jamais personne

éditions
ASPECT

« J'ai pas pu dormir, dit Sibylle. Peur tout le temps. Ça recommence. »
Une peur atroce, despotique, la tête tourne quand on essaie de regarder au fond, un drapeau noir qui bat. Et le matin, au lever, ce cauchemar de plomb ne disparaît pas complètement.
« Heureusement, j'ai pu écrire un poème », ajoute la gamine.

En renouvelant à chaque page le pacte fragile de la peau, l'écriture lui rend le monde habitable.

Pour une chair blessée, l'écriture est le meilleur des plans de bataille, le bon motif à imiter pour se régénérer et se retendre.

Régine Detambel,
Notre-Dame des Sept Douleurs.

Toujours ce bruit de graviers
au fond de la mémoire
qui pointe son espoir fou.

Ceux qui sont venus
reviendraient-ils
porter leur floraison
aux tables de fête
qu'on n'a pas desservies ?

Souffle arrêté dans les branches,
loin des preuves
de désertion
posées sur les tombes.

On rencontre tant de vivants
qui passent entre les arbres,
traversent les portes,

qu'on s'étonne
d'une parole pétrifiée,
érigée sur les places publiques.

Dans le jardin public
au bord de la falaise,
le soleil joue avec les ombres,

les aloès avancent leurs bras
vers les cris des familles
qui jettent à la mer leurs reliefs
de repas

dans des gestes d'adieu
aux grues que la rouille
ronge en rade.

Quel petit bruit de roseau
monte des eaux lentes,

nous rattache
à nous-mêmes,

enfant joueur de flûte
dans la main ouverte
du monde ?

Dans la nuit,
dans ses eaux paisibles,
monte un très lointain sanglot.

On jette en hâte
bouillonnement de paroles,
effervescence des jours
et bois de tous les feux.

La marée sombre
reflue, consent
à une nouvelle
rémission.

Sur l'île Bonaventure,
il y avait tant d'oiseaux,
tant d'ailes pour le rêve
que nous marchions sur les eaux.

Le ciel s'est retiré.
L'eau a glissé dans les fissures.

On tire des bâches claires
à grand renfort d'ahans.
Le souffle croit encore
à la croissance des fleurs.

Ta mort a taillé mes racines
au plus près,
ce qui en reste
s'use sur les chemins

où je quête
d'autres raisons d'aimer
avant que la vie
ne s'évente.

Tant de visages volettent,
cherchent à se poser
sur mes insuffisances de rameaux
que je me réfugie, fais silence,
dans l'accroche des anciens nids.

Renvoyer les mots
à leur clarté de prose,
à leur sens unique,

leur éviter
l'errance des sentiers
où, transis,
ils cherchent
les mirages anciens,

pauvres mots, imprudemment
réchauffés loin des sentences
de l'inatteignable repos.

Les oiseaux picorent
les miettes laissées
par les hôtes de passage.

Dans l'ivresse des senteurs,
les mots volent encore
autour des tables,

déposant leur fin terreau
sur mes racines
nues.

Nous avons déconstruit
l'histoire
sans retrouver l'instant
où l'arbre tremblait
de toutes ses branches,

où le soleil
fissurait la terre.

Les mots foraient déjà
leur chemin,
voracement.

Dans un coin d'histoire ancienne
une joie nous observe,
qu'il faut prendre par la main,

conduire
au centre du jour,

loin des eaux sombres,
des murs effondrés,

et rendre
à sa danse.

Fin de journée
sous la tranquillité des charpentes.

La mort gifle, gicle.

Puits artésien du souvenir.

Un loup emporte sa proie
par les conduits souterrains.

Béance cachée
dans la solidité des poutres.

Des "non"
dont nous n'avons pas su
faire pieux de palissade,

fortin où refuser
que s'apprivoise
le grand chien-loup
qui erre en soi,

mi-chien donneur de patte,

mi-loup babines, crocs, muscles,
arrachant fibre
à ce qui passe,

nourrissant sa propre
carcasse pillée.

L'été martèle
de mirabelles
le coin de sol
où se posa autrefois
la table des goûters.

Contre quelle porte, quelle trappe
frappe-t-on ainsi
à coups de souvenirs ?

Jusqu'à quelle profondeur
descendre
un panier de douceurs
et de petits soleils,

pour faire patienter
le monstre qui déjà
nous dévore ?

Les arches du pont
pèsent
sur les épaules.

Le passage tient bon.

Y fuient les grandes invasions, les convois bâchés,
les ombres qu'on aima.

Le sang des hordes se mêle au nôtre.

Indifférente,
la rivière trace son chenal d'eau verte,

imprimant sa croix, l'infini de ses bras,
sa trahison

définitive.

L'autorisation
de pousser la porte,
de poser ses mots
sur la pulpe des fruits
est-elle venue ?

Au chaud des paumes
chantent
d'inutiles détours,
de facétieux silences,

que je somme aujourd'hui
d'exposer
toutes les cartes du jeu,

d'attendre
les grondements souterrains,
le comblement des failles.

Errance parmi les tentes,
à plier et déplier les carrés de tissu

que les charrois en partance
ont conduits
à des destins de paille,
à des choc de silex.

Où sont les pierres plates
du feu,
quand l'aube levait
sa substance,

pâte en attente
dans l'ombre des terrines ?

La rivière a chanté
au pied de la tour,

oublieuse
des câbles de halage
qui raclèrent la pierre, de la passe
aux saumons avec sa pancarte de sanctuaire.

Lente remontée du flot,
paliers d'eau, de larmes, de genoux griffés,
de bras trop ouverts.

On a laissé couler
les plus tendres fardeaux.

Joueuse,
la rivière n'a que faire
de notre cri trop bref,
qu'elle mêle
aux miroitements du soleil.

Ils ont trouvé
les pierres du sol
pour avancer,
traversé les terrains vagues
du souvenir.

Par des chemins divers,
ils sont venus
de lointaines clairières éparses,

pour se parler
sans se connaître
d'une histoire
qui n'est pas la leur,

mais qui, par bribes, construit
un abri possible
pour un coin de leur cœur.

Un instant,
le vent nous oublie,

nous avons enterré nos larmes
et les débris d'empire

qui donnent à nos voix
leurs syllabes dorées,

coques d'amour
où se pose un instant
le monde dévasté.

C'étaient des routes
si sonores, si claires
qu'elles tintinnabulent encore
alors que sont rendus les tabliers
des ponts, les passeports, les sacs à dos,
l'ivresse en partage.

C'étaient des routes sans boussole,
qui couraient dans les champs
en voiles de mariées,
qui couraient au bord des fleuves,
sans croire aux vents, aux eaux contraires,

des routes qui ont roulé au bas des prés, au bout du monde,
dans leur charroi d'arbres crépitants, dans leur tumulte
d'être brisés. Le monde tremble, le monde se noie,

nous ne savons plus trouver sous les gravats
des paroles, dans le flot coulant, dans la sclérose des écrans,
le mot qui fleurit tenace, avec son pollen jeté
à la face du vide.

Le train là-bas, traînant sa rumeur,
annonça tant de fois
avec le vent, la pluie
ou le beau temps,

qu'il ne sait plus que penser
de cet été indien,

du souffle court entre les feuilles rousses,
des traquenards à nos trousses,
du cri des fleurs,

émeute de chrysanthèmes
aux portes
des cimetières.

Conduire
à l'étable
les douleurs assagies
d'avoir couru tout le jour
après des feux de paille,

abandonner,
sur le parquet,
le jupon à volants
des mille activités
qui nous ont fait vertige,

ranger,
dans le tiroir,
les voix du jour
qui se plient mal
aux lois du retrait,

vérifier
que les monstres
restent enfermés dans
un cauchemar d'enfant,

ouvrir le coffre
des mots incandescents,
déposer ces joyaux,
un à un,
sur le tissu de la nuit.

D'une époque
de croûte terrestre,
d'âges géologiques,

nos épaules ont gardé
un poids léger d'attente,

une fourrure de renard
en creux,
où se sont glissés des bras tendres

rendus à l'immensité
d'un au-delà qui se tait.

Secousses, mouvances, métamorphoses,
parcelles d'existence errantes,
le temps d'un étonnement,
d'un scintillement
brefs.

Repousser le blutoir,
se rassembler

loin des incendies,
loin des flots qui charrient
nos repères intimes,

retrouver la piste des cailloux blancs,
la solidité des murs

où les mains battaient le rappel des jeux,
des certitudes, des hôtes
aux rires pleins les poches.

Tracer une route
sans craindre les haltes
où s'engourdit le désir
où s'affaiblit l'élan.

Être cette lame
qui vibre, tant de fois
fourbie, trempée
à d'autres regards,
d'autres révoltes,

aussi longtemps
que ne meurt pas
l'incorrigible amour

mis dans l'âme,
mis à mal,
tant de fois.

Nous avons laissé
accrocs de chair vive
sur le chemin
qui nous dressa
face à la mer,

immensité des abandons,
dérive des continents,

nul ne nous forcera au pas
attendu, de retrait, de retour
vers les niches d'enfance,

à ce port d'oripeaux
cachant nos plaies.

Les peines familières
ont pris leurs bagages,
leur carnet, leur crayon

pour s'alléger de nuit,

tirer un trait
sur les vieilles traces,
tisonner
les dernières nouvelles.

Empaqueter l'heure,
ficeler le carton

avant de le jeter
sur le tapis roulant
des embarquements,

ne pas songer encore
à la masse de l'espace,

qui attend
le découpage
de nos lents couteaux.

Trouver le nord,
trouver le sens,
de nos errances,
de nos tumultes,

de toutes les phrases tombées
aux champs d'horreur,
en cendres, marquant nos fronts tenaces, assurés
– par quel vertige, par quelle caresse passante –,
que nous attendent, au bout de la marche,
les étoiles écroulées,

vibrantes encore
de mots d'amour
qui tintent.

Nous endossons les vies multiples
confiées au hasard
des heurts.

Notre peau
se déchire à n'être qu'elle
sous des pans de parole
qu'on raccommode
à mots perlés.

Là-bas sèchent les draps de lin,
à tendre
pour les jeux des enfants
qui se jetteront
dans leurs plis.

Trop de bruits
dans mon silence.

Des phrases s'y agitent
avec des résonances
d'aluminium.

Des visages passent
sans chercher à
clore le chapitre,

à fermer la page restée
béante, ouverte
aux quatre vents.

Un chant d'oiseau
annonçant l'aube,

des ombres rejoignent leurs socles,
passent, nous frôlent.

Des ondes silencieuses
parlent de vieux répits,

taillés en pièces par les rues,
où l'on pourra poser le pas,
infimes, mouvantes
terres d'asile.

Nous n'avions qu'à clore les visages,
à perdre dans les ruelles
le murmure arraché
à la crête des blés,

pour reprendre souffle,
pour voir
le ciel s'élargir,
se rétrécir,
de nos silences.

Ces pas qui courent
et claquent sur les dalles,
ce sont
les nôtres.

Élargir le temps
par pose de repères,
de projets, de rendez-vous futurs,

tentes légères aux avant-postes,
loin de ce ciel de ciment
qui maçonne l'instant.

Lier les tâches à vivre
en tressage de nacelles
dans le tohu-bohu des jours,

ne plus craindre le flot
qui s'engouffre dans les rues.

Hisser pavillon de visages,
terre dont je suis issue,
vaste pays
où s'ancrent mes jours.

Ce qu'il est advenu
de la parole dite au porche
est cette frise transparente
qui double le linteau.

Que fera-t-on de ce lieu
où le hasard
un instant édifia
parvis et cathédrale
de verre où j'entre
en tremblant ?

Trop de lumière,
trop de ferveur égarée.

Les mains cherchent les pierres
élevées
une à une
dans la patience
de l'ombre,

s'étonnent
de leurs blessures
de vitraux,
de leurs cicatrices
anciennes.

Silence sur les deuils
qui tapissent l'âme,
sur les larmes
où l'avenir patauge.

Un vent vif rabote
jusqu'à l'os
un présent alourdi
de patience.

Aurai-je une joie
à te montrer,
encore empaquetée
de papier neuf,

une joie qui s'est
fait oublier
dans le linge des armoires,
entre deux souvenirs très doux ?

Voilà que courent sur nos livres
les enfants glorieux glaneurs de rires,
jambes griffées, cœur pris
à la pointe des cris,

ils s'arrêtent
dans des vols d'étamines,
de morceaux de tissus,
qu'ils cherchent
à assembler
en bout de table,

comme si jamais
personne
n'avait tenté
de les vêtir
d'une parole.

Des poèmes
pour charmer les ombres
qui s'approchent
chaque nuit,

avec leurs conversations en cours
dont la fin s'effiloche,

avec leurs demandes
à pattes de velours
de quelques gouttes de notre sang.

Des poèmes
pour gorger d'espace
les ombres redoutables,

pour les voir s'enrouler
dans leur fourrure
comme bêtes repues.

Entre les écoles,
dans ma rue, il est
de grandes maisons silencieuses
où des profils au nez camus
se tendent aux fenêtres

vers les enfants qui picorent
des bribes d'histoires bredouillées
qu'ils croient tombées du ciel,

tandis qu'ailleurs
l'actualité
sonne ses fanfares.

Les filles longtemps
passèrent sous la toise
des familles,

près des casseroles,
des confitures,
elles virent

leurs ambitions
frire et bouillir
leurs larmes.

« Il faudra traverser
tant d'heures barbelées
avant d'ouvrir l'espace
aux rêves mis sous clef »

disaient-elles,
en s'essuyant les yeux
du tissu de leurs forces.

On a poussé
la porte du placard
où s'entassent
les points d'interrogation
dont on n'a que faire
à la fin de nos phrases

pour lire
près des vitres
la lettre attendue
qu'on déplie doucement
au centre du monde.

À force de tout perdre
de tout rechercher,
on retrouve

dans un sac
un reste de patience
avec sa douceur de laine.

Quand a-t-on déplié,
pour la dernière fois,
sa trame de durée ?

qui nous avait sommés
de hisser son drapeau
de soleil blanc ?

Barricades à pavés comptés,
bousculades et bruits,
fumées sur nos traces.

Mieux vaut
se retirer
en son silence
étroit.

Mais qui, au rideau de fer,
martèle son refus ?
Qui énumère
ses raisons

de vivre d'entendre de voir
pommiers en fleurs,
fournée des pains sous la cendre,
danse de l'enfant entravé,

lecture recommencée du premier conte,
malgré la cruauté
à portée de voix ?

Mots de l'impatience
sur le net,
je vous
cueille
au vol,
vous renvoie
aussi sec,
échange en ligne
en cinq sets,

alors que des battements de cœur
s'attardent dans les boîtes aux lettres,
avec leurs raisons, leurs déraisons,
murmurant les noms
des calligraphes.

Nommez-moi.

Que paraisse,
dans l'enchevêtrement
des identités,
le visage de patience

qui a traversé
les rafales des années,
leurs coups de soleil,
leurs coups d'état,

qui continue,
sur une berge d'immensité,
à chérir le cerisier.

On perd parfois
l'asile du mot,
sa hutte légère

où s'installe
le premier vent venu
détachant nos écorces,

sans savoir si
nous avons eu le temps
de faire fondre nos peurs.

Des pièges nous enserrent
entre les escaliers,

blocs de durée
où s'échine notre chair,
où s'enfante
de servage en servage,
une solitude au sourire étrange.

Donnez-nous,
sur les hautes terrasses
qui nous étaient promises,
le chant légitime
de l'enfance épargnée.

Qui irait
courir entre les dunes
à la recherche des rochers

puisque le vent emporte
jusqu'au souvenir taillé
au couteau,

qu'il lève des mirages de sable,
des colonnes de sel,

nous laissant éblouis,
à la pointe des terres ?

La terre s'est étirée,

aucune crique
ne retient les plaintes
où le temps macère,

l'océan rabote les dunes,

les phares ponctuent les plages
de leur silence
éclatant.

Les vieilles demeures
carillonnent leurs fêtes
dans les radiateurs,

front buté sur la rue,
mains retenant leurs entrailles
sur les poches des tabliers.

Qui court
dans les dédales de la joie,
le cœur fou,

comme
dans l'autrefois des rires,
où une flûte de sureau
enchantait le pas,

où nul ne s'étonnait
de sa chair
sur les os ?

Parmi les fanfreluches
cousues aux costumes de fête,
saura-t-on dénouer
les liens
qui, à la gorge,
serrent les existences

qu'on endossa tour à tour,
se gardant de superposer
les couleurs

qui pourraient hurler
avec les loups.

« Contagion du malheur »
dites-vous, comme si
les mots brusquement devenus
pustules sur la peau
vous jetaient

hors des travaux de nichée dans
les couloirs d'hôpital,
quartier haute sécurité

où les oiseaux se cognent
aux portes où, à pas de plomb,
vous enjambez
les années mortes,

élan qui vous tenait en lutte
pris à la gorge
par mille mains.

Nous n'irons pas nous asseoir
à la table des imposteurs,
même si on y prospère
près des cuisines.

Il est des arrière-cours,
des passages où s'enfuient
les vies buissonnières

où rien n'est falsifié,
ni les griffures,
ni les baisers

qui courent sur notre peau
pour nous guérir
de l'ombre.

Dur, le silence,
dur comme
pain rassis

qu'on garde par respect
pour le travail des blés
qui tapissent le souvenir
de l'enfance éblouie.

Les mots sur les voies
s'époussettent
de leur légèreté,

tombent comme
oiseau mort,
caillou de granit
qui finira ricochet,
jet de pierre
englouti.

Vous me reconnaîtrez,
tout en rouge
sur le tarmac,
sur le quai,
à la pointe du souvenir
qui grave encore,

tout en rouge
dans le verbiage
des hauts parleurs,
à travers les embruns,
les mises en garde

avec des mots-béquilles,
entre nous invalides,

des mots de parade
pour vêtir
l'angoisse nue.

Suffit-il de passer
entre les sourires
pour que se plient
les discours des fêtes

auxquelles le sort
nous convia
sans nous demander
raison de cette
lassitude

qui offensa
nos forces
un jour
où s'empilèrent
les histoires
en trop grand nombre ?

Dans la nuit,
au-dessus des toits,
l'orage jette
des plaques de clarté.

On ne sait qui
grimpe à l'échelle, qui
traque les fissures.

Les ombres rassasiées
s'échappent,
laissent quelque dentelle,
quelque mouchoir flottant,

font silence
sur notre sang qui
tourne court.

Le réveil retrouvé
dans un bric-à-brac
de grenier

a gardé l'heure
qui sonne encore
une aube blafarde.

Dans un lointain de fougères
et de signes,
quelqu'un se lève.

Le cœur bondit.

Un pas
dans la langue
ancienne.

Tout se dévide
si vite
que la patience

craint d'être
trop lourde
à l'appui des fenêtres,

trop légère,
avec sa mémoire d'oiseau
qu'aucun défi
ne relève.

Les sourires polis
à la pierre
des drames
n'ont plus à s'attarder,

ils traversent le jour,
chantent clair
en haut de l'arbre

où le monde tournoie
dans sa poussière d'éclats.

Toutes les peines sont perdues,
les issues gardent portes battantes.

Nous sommes là pourtant,
dans la cage de nos os
à vous tendre la main.

Le tintement des fourchettes
monte des tables
aux solives

où carillonnent
les anciennes fêtes,
se riant
des brèches

que colmataient
chansons,
verbes hauts,
mots d'amour.

Revenir,
mettre ses pas
dans les anciennes traces
pour lire
ce qu'elles annonçaient,
que nous n'avons pu voir.

Trop frémissante
l'immensité des blés.

Trop nombreux
les rires,
lancés en l'air
comme lettres perdues.

Tant de regards
furent semés
sur les sentiers

qu'à rebrousse-temps,
on les assemble
en tresses d'ail,

souffrant
de leurs allures
de fleurs séchées.

Il est des havres
où s'attabler,
où feuilleter
malgré nous
des livres d'images
qui ressemblent
à ceux jetés au puits
avec le désespoir
en creux.

D'autres que nous,
près de nos bras,
ont les yeux plein d'éclats
qu'ils posent
sur le même
silence de charpie.

J'apporte à ton seuil
de beauté tranquille
plumes d'oies sauvages prises
au ciel des bayous,

pierres aztèques
arrachées aux racines,
et la poussière rouge
des pistes indiennes
qui m'incendie l'âme,

et un cœur et un corps
jamais en repos,
s'apaisant un instant
dans un nid de paroles.

Sur quelque berge
que la nuit octroie
à notre marche haletante
se recrée l'espace

où respirer,
main dans la paume
apaisée du monde.

Des ombres s'approchent,
cachent,
de leur manteau de suie,
la doublure solaire
qui les met en danger.

Tension du guet,
affût de nos cris,
de nos crocs de mère louve
assiégée aux flancs.

Il fait rouge sur les érables.
Ton départ crépite
au coin du bois.

On n'attendait pas cet écart
du jour courant entre deux rives.

On attendait seulement
la douce tiédeur
des peines remisées,

les propos mis bout à bout,
en hutte de trappeurs
se riant des saisons et des bêtes.

La plaine s'est ouverte
où sont lâchés les loups.

Nul ne sait où iront
nos phrases transatlantiques,
leurs repères, leurs braseros,

et l'abri
où brûler
les vieux dangers.

Le jour tarde
à se hâter.

Lanières
des muscles tendus,

fronde pour lancer dans l'air
sommation de graines,
de pollen, de pierres,

selon l'humeur,
la pluie, l'odeur des rues.

Les veines à nos bras
roulent les absences.

Le tumulte du cœur
ne se tait pas.

Traversant
ténèbres, neiges givrantes,
tu chantes pour avertir,

pour éloigner les monstres,
sans croire
que, mufle chaud,
ils peuvent venir,
boire dans nos mains

le lait des tendresses premières,
que renouvelle
sans cesse
la bonté passante.

Comment sais-tu
que des souvenirs
déchirants le portent,
que le sang noir s'écaille
en pétales de coquelicots
essaimant leurs rires,

que les morts en lui
n'en finissent pas de discourir,
de poser sur la table
la carte d'un nouvel atout ?

Atout pique sous les cuivres
qui étincellent,
se dresse en képi
et moustache brune.

Atout cœur, mon cœur,
qu'est-ce que tu faisais
quand chacun
disparaissait
dans la huche
par jeu ?

Atout trèfle,
monte des luzernes, des blés,
le premier chant
que ne fauche ni le désir
de récolte, ni le souci
du carreau lessivé
d'un coup
de soleil.

Tout atout,
bataille,
les figures s'enflamment.

Feu d'artifice
qu'on voudrait
voir
durer.

La mer s'est retirée,
si loin
en moi
qu'elle ne reviendra pas,
avec sa pluie, son crachin,
ses crachats d'écume
sur nos jours.

Là-haut,
sur la lande,
serpente
le chemin des douaniers
où le rire s'est étranglé.

Parfois,
sous le chapiteau,
la corde casse,
le pas glissé
se perd

Vrille
du vide.

La boucle
ne sera pas.

Nul retour
vers l'origine.

Quel fil
était conducteur
dans le saisissement
des trames ?

Sur le pont
où les eaux grondent,
j'ai attendu
les vivants et les morts,

saisi,
de mille mains,
les gouttelettes
d'arc-en-ciel
que le torrent gardait
des anciens défis,

guetté la neige,
page blanche
où inscrire
les prochains signes.

La grande hache
du temps
s'est abattue
sur les sèves.

Nous n'en finissons pas
de ligaturer les rêves
qui empèsent les gestes
de larmes de goudron.

L'avion en flammes
avec son obus calibré
continue à tomber,
depuis soixante ans
de visages sauvés.

Une seconde
dans l'insouciance des gerbes
sera notre éternité.

Les errances
étaient en boucles
que tu repasses
sans en croire tes oreilles.

Tes yeux
gardent criques
d'aluminium,
bayous et deltas,

le sel de la mer
que tu semas sous tes pas.

L'Odyssée
qui te lacère
laisse traces au front, aux bras,
lambeaux rouges
et or qui font de ton corps
un drapeau.

À fleur de larmes,
à fleur de peau,
tu avances, verses
tes mots dans des sillons
lissés sur le dos des cavernes,
sur le dos des bouderies, des délits,
des jours gâchés de poids morts.

Effraction, effondrements,
l'air vrombit, le souffle se jette
à nouveau dans la plaine,
brides abattues,
champs ouverts,
redit l'étonnante épopée des blés
et le chant d'amour
vieux comme la terre.

On oubliera demain
entre les tables
que le sommeil n'est pas venu,

que la nuit fut de cendres
avec cet appel autour des reins
du lourd collier de tes bras

qui ramenait à la chaleur
mon corps hanté de cet outre-tombe
où tu disparus.

Retrouver
sous le magma des peurs
la veine facétieuse où les rires
s'extrayaient
comme pierres précieuses,

traverser
la suie des deuils
avec ces trophées,
à bout de bras,
fanaux guides sur la grève,

pendant que derrière nous
glissent les galets
vers l'indifférence souveraine
de la mer.

Cliquetis des aiguilles
qui tricotent
dans un lointain silence
les mailles de fer
de l'effroi.

Montent
les geôles.

À l'entrée,
on a laissé
les paroles savoureuses
qu'on émiettait
en riant,

sans savoir
que la faim creusait
déjà son long tunnel.

Les chemins
qui happèrent
le pas,

mirent au cœur
crocs d'ajoncs et dagues des sacrifices,
savaient-ils que

traversés d'océans
et de pistes nomades,
ils reviendraient
aux premières voûtes cathédrales,

dans la pluie douce
des pétales blancs
sur les dalles,

vers la promesse
du four à pains
où l'enfance se cristallise,

près des rires au goût de biscottes,
à partager
quoi qu'il arrive.

Nous dansons pendant
que les enfants naissent
sans que nous soyons informés
de leurs noms.

Le sourire sur ton visage
a ouvert des canyons et des lacs
dans des vols d'oiseaux blancs.

Nul ne pourra nous rejoindre,
ni les chevreuils, ni les loups, ni les chants
d'équipage, ni les sirènes qui naguère
te lièrent à leurs fautes.

Nous dansons au soleil
sur une piste de marbre
où le sang bat
sa démesure.

La peau marquée au fer
du soleil entre blés
et four à pains
se gardera de nous oublier,

nous qui divaguons
sur les sentiers errants
à compter nos tragédies,
le cœur criblé.

L'homme passe entre chiens
et louves,
sans croire
qu'il s'y cassera
les reins,

entre deux mâchoires
de désirs indolents,
de regards où il lit sa force
dérisoire battant les flots
du verbe.

Sa joie part en pièces
de monnaie jetées
dans la fontaine.

Vite un vœu,
avant que le soir ne tombe
de tout son poids
de rideau noir.

Ni fleurs ni couronnes.
Il n'avait pas atteint le faîte
de son âge.

Les demeures ont trop
de silence derrière les portes,

de froid
que ne réchauffent pas
nos gestes maigres,

ni les photos anciennes
dans leurs cadres,

ni les projets d'avenir
se figeant dans les plats.

Les demeures ont trop
de mémoire
qui leur colle aux pierres.

Nous cherchons quelque faille
d'oubli, quelque rire
légendaire
où loger nos os.

Toujours ce bruit de graviers... 9
On rencontre tant de vivants... 10
Dans le jardin public... 11
Quel petit bruit de roseau... 12
Dans la nuit... 13
Sur l'île Bonaventure... 14
Tant de visages volettent... 15
Renvoyer les mots... 16
Les oiseaux picorent... 17
Nous avons déconstruit... 18
Dans un coin d'histoire ancienne... 19
Fin de journée... 20
Des "non"... 21
L'été martèle... 22
Les arches du pont... 23
L'autorisation... 24
Errance parmi les tentes... 25
La rivière a chanté... 26
Ils ont trouvé... 27
Un instant... 28
C'étaient des routes... 29
Le train là-bas, traînant sa rumeur... 30
Conduire... 31
D'une époque... 32
Repousser le blutoir... 33
Tracer une route... 34
Nous avons laissé... 35
Les peines familières... 36
Empaqueter l'heure... 37

Trouver le nord... 38
Nous endossons les vies multiples... 39
Trop de bruits... 40
Un chant d'oiseau... 41
Nous n'avions qu'à clore les visages... 42
Élargir le temps... 43
Ce qu'il est advenu... 44
Silence sur les deuils... 45
Voilà que courent sur nos livres... 46
Des poèmes... 47
Entre les écoles... 48
Les filles longtemps... 49
On a poussé... 50
À force de tout perdre... 51
Barricades à pavés comptés... 52
Mots de l'impatience... 53
Nommez-moi... 54
On perd parfois... 55
Des pièges nous enserrent... 56
Qui irait... 57
La terre s'est étirée... 58
Les vieilles demeures... 59
Qui court... 60
Parmi les fanfreluches... 61
« Contagion du malheur »... 62
Nous n'irons pas nous asseoir... 63
Dur, le silence... 64
Les mots sur les voies... 65
Vous me reconnaîtrez... 66
Suffit-il de passer... 67

Dans la nuit... 68
Le réveil retrouvé... 69
Un pas... 70
Les sourires polis... 71
Toutes les peines sont perdues... 72
Le tintement des fourchettes... 73
Revenir... 74
Tant de regards... 75
Il est des havres... 76
J'apporte à ton seuil... 77
Sur quelque berge... 78
Il fait rouge sur les érables... 79
Le jour tarde... 80
Traversant... 81
Comment sais-tu... 82
Atout pique sous les cuivres... 83
La mer s'est retirée... 84
Parfois... 85
Sur le pont... 86
La grande hache... 87
Les errances... 88
L'Odyssée... 89
On oubliera demain... 90
Retrouver... 91
Cliquetis des aiguilles... 92
Les chemins... 93
Nous dansons pendant... 94
La peau marquée au fer... 95
L'homme passe entre chiens... 96
Les demeures ont trop... 97

DU MÊME AUTEUR

L'arbre de mémoire (Éd. La Bartavelle, 1999) - Prix Jean Follain.
De clairière en clairière (Éd. Poésie sur Seine) - Grand prix de l'édition 2002.
D'un pays sous l'écorce (Cahiers de poésie verte) - Prix Troubadours 2004.
Obstinément l'enfance (Éd. Aspect, 2005).
Voix venues de la Terre (Éd. Jacques Brémond, 2005) - Prix de Poésie des Jardins de Talcy.
Énigme du sol et du corps (Éd. Aspect, 2007) - Prix Max Jacob 2007.

LIVRES D'ARTISTES (avec Sarah Wiame, Éditions Céphéides) :

De terre et d'eau (2001).
Éclats (2002).
Sédiments (2002).
Rives (2003).
Bretagne (2003).
Les Chants querelleurs (Prix Aliénor 2004).
Petit éclat de mot (2005).
Arbres en soi (2006).

CHEZ LE MÊME ÉDITEUR

René L. LOUIS : Stances de l'intranquillité d'être. (Collection FOLIUM)

Annie SALAGER : Les dieux manquent de tout. (Collection DA CAPO)

Tahar BEKRI : Les Songes impatients. (Collection DA CAPO)

Danièle CORRE : Obstinément l'enfance. (Collection FOLIUM)

Ernest PÉPIN : Boucan de mots libres. (Collection DA CAPO)

Richard ROGNET : Le Transi. (Collection DA CAPO)

Richard ROGNET : Je suis cet homme. (Collection DA CAPO)

Anthologie : Carnavalesques, *choix de textes de langue française de poètes d'aujourd'hui, 2006.*

Danièle CORRE : Énigme du sol et du corps - *prix Max Jacob 2007.*
(Collection FOLIUM)

René L. LOUIS : La colère du gisant. (Collection FOLIUM)

Anthologie : Carnavalesques 2007, *revue de découverte des écritures françaises contemporaines, 2007.*

Josèphe CHIGNIER : Cléanthie / Κλεάνθη . (Collection FOLIUM nouvelles)

Pierre DROGI : Encordelé, cahier de bouche et autres textes.
(Collection FOLIUM)

François MAUBRÉ : La Tonnelle. (Collection FOLIUM nouvelles)

Bernard HEIDSIECK : Publicité (*1 cédé audio offert* - Collection PHONOPHORE)

ASPECT est le nom de l'Association pour la Promotion des Écritures Contemporaines (60, rue du Cardinal Mathieu, 54000 Nancy).

Courriel : ***editions.aspect@gmail.com***
BLOG : ***http://nancy.aspect.editions.over-blog.com***

Impression Apache Color S.A.R.L.
à Nancy, septembre 2008.
Dépôt légal : septembre 2008.
Numéro d'imprimeur : R.C. Nancy B 331 579 631.

ISBN 978-2-917081-05-1 /Imprimé en France.